당신의 말이 들리기 시작했다

당신의 말이
들리기 시작했다

세움과 비움
Seum&Bium

산다는 것은

서러운 것이지만

한편으로는

살아 있다는 것은

이미 승리했다는 증거이기도 하다

나는 오늘 아침에도

아아, 삶이 너무 힘들어

새벽기도에 나갔을 때

주체할 수가 없는

눈물이

흘.렀.다.

시는 나의 한숨이며

몸부림이며

기도이기도 하고

결국 시는 그렇게

나의 구원이 되었다

시를 읽고 노래하는

가슴이 있는 동안

나는 망할 수가 없다

아아, 내 시를

세상의 모든

상처받은 사람들에게

띄.워. 보낸다

내 시가

그들에게 가 닿아서

살아 움직이는

잠언으로

태어나기를

바.란.다

| 목차 |

2부 당신의 말이 들리기 시작했다

4부 기다림에 대하여

1부

막장幕場을 위하여

나는 이미 막장에 들어섰다
막장을 깨달은 순간 나는 희망을 보았고
막장에 들어서면서 나는 다시 세상을 얻었다

막장幕場을 위하여

막장을 이해하는 것은 쉬운 일이 아니다
막장인생, 막장사랑, 막장드라마
말로만 막장을 수없이 되 뇌이면서도 몰랐다
막장의 길을 가보지 않았기 때문이다
눈에 보이는 껍데기만을 어루만지며 살았고
세상의 뜨거운 맛에 울어 보지 못해 그랬다
막장을 이해하는 데 오십 년의 세월이 걸렸다
막장이 되지 않고서는 막장을 이해할 수 없고
비워 깨끗해지지 않고는 막장을 볼 수 없다
막장은 서러운 것이다
막장은 정말 서럽고 더러운 것이다
막장은 빠져나올 수 없는 절망이다
막장을 살면 저절로 막장이 보인다
나는 이미 막장에 들어섰다
막장을 깨달은 순간 나는 희망을 보았고
막장에 들어서면서 나는 다시 세상을 얻었다

고향에는 성자가 산다

천리를 달려 남도로 달려가면
비가 새어들고 바람이 들이치는 옛집에
절뚝거리며 마중 나오는 성자가 산다
나보다 나를 더 사랑해주는 그 사람
자신의 모든 것 다 내어 주고도
더 못 주어 안타깝다던 그 사람
그 사람이 있어 세상은 살 만했고
생은 축복이라고 생각할 만큼 좋았다
수백 번 자신이 팔렸음에도
한 번도 못난 자식을 탓하지 않았다
신은 자신의 사랑을 전할 길 없어
이 땅에 그 사람을 대신 보내 주셨다
고향에는 성자가 산다
발을 절며 서울 가는 나를 마중하는
늙은 예수가 산다

말에 관한 성찰

삶에 깊이 가 닿을수록
말이 필요가 없다, 정말이다
말은 집에 돌아가
잘 있었나, 밥 묵자, 자자하고
이야기할 때나 필요하다
살면서 세상에서 자주
맨살을 베여 본 사람은 안다
말한다는 것이
얼마나 무의미하고
구차한 짓인가를
말이 필요가 없다
행동으로 보이면 된다
변명은 더욱 필요가 없다
신실한 당신에게는
경청과 행동만이 필요하다

서울서 세 시간

떠나올 때 뼈가 으스러지도록
때려 주고 싶었던 그 아이
오르던 산속 길 어디쯤에선가
나 같은 것이 무어라고 해도
귀한 그릇이 되리라는 생각에
깊은 반성이 내 가슴을 친다
서울을 세 시간만 벗어나도
미움이 변하여 사랑이 되는데
그 속에서 지지며 볶으며 지내 온
아수라의 세월이 부끄럽다
법주사 지나 문장대 가는 길
비바람에 어지러이 날리며
눈처럼 떨어져 내리는 잎새들
깊은 산중 지는 단풍 앞에
내가 가진 미움이 진다

산다는 것

산다는 것은 흔들리는 것이다
어제는 참 무서웠다고 생각하며
오늘은 정말 감사하다고 생각하며
그렇게 흔들리며 가는 것이다
방황하지 않는 삶이 어디 있으며
흔들리지 않고 가는 삶이 어디 있으랴
산다는 것은 사람들 속에서
누구나 흔들리게 마련이다
정해진 그곳까지 가기 위해서
흔들려야만 도달할 수 있다

오늘도 사람들 속에서 흔들거리며
한발 한발 나의 길을 간다
한 걸음을 앞으로 내딛기 위하여
좌로 한 번 흔들리다가
한 걸음을 앞으로 내딛기 위하여
우로 한 번 또 흔들린다
산다는 것은 숨이 멎는 순간까지
흔들리는 것이다

살아 있는 것은 하나가 아니다

사람은 늘 한결같아서
안과 밖이 같아야 한다고 말들을 하지만
세상에는 하나가 둘이 되고
둘이 하나가 되는 것들이 많다
나는 하나가 아니다
내 안에는 나도 모를 또 다른 내가 있어
끝없이 나를 배반하곤 한다
내가 내 안에 있는 그것과 하나가 되는 때는
숨이 넘어간 그 순간일 것이다
생명은, 뜨겁게 살아 있는 생명은
언제나 하나가 아니라 둘이다
하나여야 하는 것은 오직 희망일 뿐이다

사람은 꽃보다 아름답다

당연한 말이다, 말도 아닌 말이다
사람은 꽃에 비할 바가 아니다
사람을 알면 꽃은 아무것도 아니다
가슴에 끝 모를 용기와 희망을 주고
나를 소리 내어 울게 만드는 것도
사람일 수밖에 없음을 알기에 그렇다
천사와 악마의 경계를 넘나드는
사람이라는 이름이 무섭기도 하지만
사람은 당연히 꽃보다 아름답다
한 사람을 만나 지옥 속에 있다가
또 다른 사람을 만나서는 천상을 거닌다
너와 내가 살아가는 이유가 되기도 하는
사람이라는 이름을 가진 악기여
사람은 꽃과는 비교할 수가 없다
사람은 정말 꽃보다 아름답다

형용사를 싫어하는 남자

겨울이 끝날 무렵 강가에 와서
말수가 적고 차돌 같았던 그 사람을 생각한다

마치 사인을 주고받는 야구 선수처럼
그의 말에는 앞뒤의 문법도 없었고
희망도 아쉬움도 섞여 있지를 않았다

그의 말은 언제나 간단하고 명료할 뿐
사람들의 말에는 아무런 관심이 없었다

얼마나 많은 말들이 희망처럼 날아왔다가
떠나가며 그 사람의 가슴을 미어지게 했을까
서로에게 필요한 것은 말이 아니었다

어떻게 하면 허투른 것 하나도 없이
힘없는 자의 삶이 저처럼 단단해질 수 있을까
속고만 살고 밟히고만 살아서 그런 것인가

그 사람은 형용사를 사용하지 않는다
말 많은 내가 미워 강가에 나와 섰는데
말없이 얼굴만 붉히던 그 사람 생각이 난다

남자에게는 여자가 필요하다

바람이었다
이리저리 방황하며
마구 할퀴고 다니는 바람

그에게는 헛된 꿈이 많았다
꿈을 잃고 돌아와
병자처럼 쓰러져 우는 날이 많았다
사랑을 주는 법을 알지 못했고
늘 사랑받기만을 원했다

바람을 잠재우는 일
상한 영혼을 위로하고
사랑을 아는 한 인간으로 살기 위해
남자에게는 여자가 필요했다

그에게는 어머니라는 이름
아내라는 이름을 가진
고독한 여자들이 필요했다

문상 問喪

평생 고생만 하다 호사를 누린 적 없는 어머니
오늘은 꽃밭에 파묻혀 미소를 짓고 있네
한 번도 주인공이 되어 본 적 없어도
오늘은 이 땅의 주인공이 되어서
온갖 이력의 사람들로 부터 위로를 받고 있네

밤새 내린 눈은 세상으로 나가는 길들을 지웠고
두 팔 벌리고 선 나무들마다 눈꽃을 피웠는데
살아서 서러웠던 사람 죽어서 웃고 있네

문상을 받으며 나는 알 수 있었네
배운 것 없어 몸뚱아리 하나로 살아온 매제가
박사를 딴 나보다 세상을 잘 산 사람이라는 것을

창밖은 온통 눈이 부신 눈물겨운 설원인데
살아온 지난날들이 부끄럽고
앞으로 살날이 어떠해야 하는지를 알게 된다

내가 미워서 싫어했던 사람들이
눈 속을 뚫고 와 손 내밀어 위로해 줄 때
잘난 내 가슴을 치며 부끄러워하네

경비원 박 노인

초등학교 수위하는 박 노인과는 말이 통했다
사람들이 와서 아무리 무례하게 굴어도
말도 아닌 말들을 늘어놓고 돌아서도
모두 씹고 또 씹어서 소화를 했다
그에게는 아무런 거침이 없었고
어떤 무례함이라도 용납을 했다
팔순 나이가 부끄러워 사표를 써도
사람을 놓아 주지 않아 걱정이라며
사람이 떠나가고 떠나오는 일을
마치 바람이 부는 일처럼 이야기했다
거친 풍랑과 해일도 그에게 와서는
이내 잔잔한 파도가 되어 누웠고
온갖 진상들이 와서 괴롭히고 가도
세상 다 그런 거라며 마냥 웃어넘긴다

막힘이 없고 걸림이 없기 위해서는

얼마를 더 깨어지며 부서져야만 하나

입을 열면 잠언이 쏟아져 나왔고

길게 째진 눈은 별처럼 반짝거렸다

나이는 아무렇게나 먹어서는 안 된다는 것을

뼈저리게 알게 해 주는 경비원 박 노인

그는 희고 나는 검다

검은 것은 희어지게 된다
흰 것은 사라지고 만다
나는 검고 그는 희다
검은 것은 격정의 세월을 가야 하고
흰 것은 아쉬움의 세월을 가야 한다
검은 것은 검어서 서럽고
흰 것은 희어서 서럽다
흰 것은 순결하고 아름다워
결코 속될 수는 없으리라
검은 것은 음흉해서
부질없는 열정과 모략 속에서
자신을 그을리며 스스로 상처를 낸다
그는 희고 나는 검다
아직 나는 검은 세계에 있다

인생은 연기

산다는 것은 모두 연출이고
결국 퍼포먼스라는 그 말
하나도 틀린 말이 아니다
흔들리는 세상과 같은 전철에서
눈을 감고 졸고 앉은 사람들
종점에 이르면 어김없이 일어나
연기처럼 모두 사라져 버린다
뚜벅뚜벅 또각똑각 황급히
발자국 소리로 흩어지며
어디론가 말을 몰아 내달린다
조용히 눈을 감고 있어도
입을 굳게 다물고 있어도
앞가림 하나는 빈틈이 없다
인생은 연기고 퍼포먼스라는 그 말
하나도 틀린 말이 아니다

그대 오늘만 지우라

그 사람과 싸우고 돌아오던 날
분하고 시린 가슴을 억누르고
잠을 자며 그를 지운 일은 잘한 일이다
눈을 뜨면 세상은 늘 새로운 풍경
어제와는 사뭇 또 다른 바람이 불어와
어제 나의 고민은 헛것이었고
쓸모없을 집착이었음을 알게 한다
살수록 사는 일은 늘 경이롭고
감사해야 할 일뿐이다
눈을 떠서 새롭게 맞는 아침만큼이나
우리들의 과오는 또다시 용납된다
오늘이 힘들어 상심할지라도
나를 깨울 아침을 고대하자
기다리는 것도 승리의 하나인 것을
그대, 오늘이 힘들면 오늘만 지우라

만원

지하철이 미끄러지며 정거장에 들어설 때
역 밖에서 차를 향해 달려오는 사람들
문이 열리자 줄지어선 사람들이 흡입된다
허겁지겁 지금 달려오는 저 사람들은
이번 열차를 잡아탈 수가 없으리라
발바닥 하나 겨우 들여놓을 기차간에서
저마다 고민으로 눈을 감고 앉은 사람들
열차가 환승역에 정차할 때 쯤 이면
서 있던 이가 앉고 앉았던 이가 떠나가는
환승이 있어 그나마 세상은 살만하다
아직 준비가 되어 있지 않은 사람들은
이제 아무것도 잡을 수가 없으리라
흔들리는 이 땅의 어느 곳에서도
줄지어 서서 기다리는 사람들만 해도
세상은 이미 만원이다

사람의 표정

세월이 쌓아올린 단단한 지층처럼
한 날의 즐거움과 또 다른 날의 아픔이
부둥켜안고 서로 부루스를 추어대며
사람들의 얼굴을 조각했으리라
표정을 보면 사람을 알 수 있다는 말
정말 살아보면 알게 된다
걸어온 지난날은 지울 수가 없고
타고난 제 모습은 지울 수가 없어
얼굴에 칼마저 서슴지 않는 마음들을
이제야 비로소 내가 알겠다
출근길 서울 나가는 전철 칸에 앉아
양미간을 세우고 앉아 있는 저 사람
그 옆에는 정원으로 날아든 참새들처럼
계속 까부르며 조잘대는 조무래기들
사람의 인상은 속일 수가 없다
사람의 지나온 세월이 각인되어 있다

생은 전투다

애써 부정하고 싶은 사람도 있고
말이 되느냐고 되묻는 이도 있겠지만
모두가 전사들이며 이 땅은 전장이다
살아남기 위한 일상의 경쟁과
내 안에서 시시각각 다투고 있는
선과 악의 싸움에 이르기까지
어차피 삶은 전투의 연속이다
팔순을 넘어오며 전투를 치르시던
어머니가 어제 갑자기 쓰러지셨다
개나리가 여든 번을 피고 지는 동안
수많은 전쟁에서 살아남아 승리한
어머니는 용맹스런 전사셨다
죽음만이 모든 것을 그치게 하리라
살아 숨 쉬는 모든 것들이 안쓰럽다
어제는 집 앞 공릉천변에는
한 떼의 노란 개나리가 지고 있었다

윤달

윤달이 있는 올 겨울은 유난히 길었다
이제 겨울을 멀리 떠나보내야만 하는데
눈비를 뿌리며 좀체 물러서지를 않는다
올봄에는 경기가 어려워서 그런지
돈이 실탄이라는 말이 실감이 난다
여기저기 날아드는 청구서들을
막지 못해 사람들은 쓰러져들 갔다
깊은 침묵 속에서도 사람들은 말없이
흔들리며 어디론가 밀려나고 있었다
저녁 친목 모임에 나온 김 사장은
지금 같은 고비가 전에는 없었다며
모아 둔 회비를 빌려 쓰게 해달라고
처녀처럼 말을 더듬으며 부끄러워했다

봄이 오려면 아직도 까마득한데
지금 서 있는 자리를 지켜 낼 수가 없다
아무리 어렵더라도 쓰러지지 말자고
쓰러져도 솟아날 구멍은 있다며
스스로 최면을 걸어 다짐을 해본다
나이 오십 들어 사투를 벌이는 윤사월

경고

그대 멋대로 행하지 말라
거리의 신호를 어기지 말며
달리는 차에서 쓰레기를 버리지 말고
전철에서 가랑이를 벌리고 앉지 말라
이 모든 것이 쉽게 길을 내어
종국에는 그대를 삼킬까 두렵다
바람이 불면 부는 대로 흔들리며
눈이 오면 눈길을 위태롭게 걸어가라
순전한 아이의 마음을 품을 것이며
썼던 어떤 가면도 벗어 던지라
길이 아닌 곳은 들어서지도 말며
비가 오면 온몸으로 비를 맞으라

고향집 다락에서 나는 울었다

아버지의 먼지 쌓인 유품들을 뒤적인다
빚쟁이들의 법원 소장과 빛바랜 청구서들
다락방 삼십 촉 희미한 전등 아래서
살기 위해 안간힘을 쓰던 흔적들을 본다
당신의 삶은 늘 청구서에 갇히어서
무능한 당신의 날들을 자책하였을 것이다
돈 벌어야 한다는 소리가 방언처럼 터져 나오며
사람 잡았을 서류들을 보며 탄식한다
생존보다 더 중요한 일이 어디 있으며
욕망보다는 필요가 먼저여야 함을 깨닫는다
세월 갈수록 사는 형편이 나아지기는커녕
망해 먹고 돌아와 구차한 손을 내미는데
흐드러지게 핀 고향집 벚꽃이 서러워라
다 퍼주고도 더 못주어 가슴앓이하는
이 사랑을 나는 살아서 갚을 수가 있을까
나의 반성은 어설프고 모질지 못해
깊은 밤 고향집 다락에서 나는 또 울었다

부부싸움

그 사람이 나에게 못되게 구는 것
차라리 잘살아 보자는 원망쯤으로 치자
사람 하나 잘못 만나 헤매고 방황하는
구차한 자신의 날들이 밉고 또 미워서
내지르는 외마디 소리쯤으로 치자
잘못 산 내 삶이 아내에게 짐이 되고도
가슴을 후벼 판다고 같이 싸울 수 있나
내가 무너지고 서글퍼지더라도
이불 속에나 들어가 잠이나 청하자
아무리 그 사람 거칠게 밀고 들어와도
나 하나만이라도 흔들리지 말아야지
이유 없이 당하는 것도 아닌데
자존심까지 다 찾아 먹을 수야 있나
남을 탓할 것이 하나도 없어
생각할수록 내 허물만 자꾸 커 보인다

묘하고도 감사해야 할 일이다

나를 찔러 아프게 하는 가시 같은 그대와

한 이불 아래 살을 맞대고 산다는 것이

우리는

그대와 나, 스무 살의 차이에도 불구하고
서로 비슷한 병을 앓는 환우患友였다
십여 평 강의실에서 글쓰기 선생과 학생으로 만나
감사한 일들을 늘 발로 밟고 다니면서도
혹, 그게 뭔지도 모르는 눈먼 이들은 아니었나
그대는 감기를 앓듯 그렇게 자주 울었고
나 역시 신음하며 몰래 우는 날이 많았다
얼마를 더 울어야 하는지 알 수가 없다
생이 다하는 순간까지 그러고 살지도 모른다
그대는 흐물거리는 자신이 미워서 울었고
자신의 한계를 알고 난 나는 서러워서 울었다
약한 것들은 그랬다, 달리 방법이 없었으니까
그런 우리들에게도 가시는 참 많아서
남을 찔러 상처를 내는 것도 성이 안 차
자신을 찔러서라도 피를 보고 싶어 했다

그저 따스하게 세상을 바라볼 수 있기 위해

얼마나 많은 할례가 행해져야만 할까

우리 언젠가 한 번은 제대로 죽어야 할 것인데

그 때의 깊은 서러움이 두렵지는 않나, 그대

삼월

오늘도 아무 소식이 오지 않았다
꿈자리마저 뒤숭숭했다
기분 나쁘게 누군가에게 쫓기거나
무엇을 잃고 헤매다가 잠에서 눈을 뜬다
결국 가야할 것이 가지 못하고
건너와야 할 것이 건너오지 못하는
분명한 것이 하나도 없다는 현실 앞에
미열에 온 몸의 신경마저 곤두선다
부연 황사가 눈앞을 가리는 동안
걸으며 계속 절뚝거리기만 했다
기온이 올랐다 내렸다가를 반복하는 동안
무엇도 이 상황을 접수할 수가 없었다
이 땅에서의 너와 나의 사랑도 이런 것일까
우리 생애도 종잡을 수 없는 이런 것일까

강원도에는 철 늦은 눈이 내리고
홍 목련은 아직 꽃망울 피우지를 못한다
일어서야 할까 말까, 떠나야 할까 말까
도무지 안절부절이다, 삼월은

반성

잘난 나를 위하여
얼마나 많은 사람에게
아픔을 주며 살았나
가까운 피붙이들이며
순전한 이웃들이여
나를 용서해다오
절제를 몰라 쓰러지고
욕심을 버리지 못해
이름 석 자를 더럽힌다
모두가 나의 잘못
절대자의 관용을
바랄 수도 없는 지금
한겨울을 속에서
다시 봄을 그리워한다

감사

어려운 사람을 이해할 수 있어
가난하게 사는 것이 감사하다
아픈 자의 고통을 알 수 있도록
앓는 동생을 주신 것도 감사한다
사지 멀쩡하여 걸을 수 있어
건강한 몸 가진 것을 감사하고
많은 좌절을 겪어 오느라
실패가 두렵지 않게 되어 감사하다
나보다 더 힘들게 추락한
이웃을 보면서 감사하며
만나 이야기 나눌 수 있는
팔순의 노모가 있어 감사하다
넘어질 것만 같은 예감으로
매번 계절을 넘어오면서
아직 살아 있는 오늘이 감사하다

2부

당신의 말이 들리기 시작했다

사람이 하는 말을 제대로 알아듣기만 해도
세상은 이렇게도 쉽고도 평안한 것인데
사람들은 그 많은 세월 동안 귀를 틀어막고
자기 말만 하다가 하루를 서둘러 마쳤다

거꾸로 달리고 싶다

서울 가는 출근 기차를 기다릴 때
반대편 문산으로 가는 기차가 들어온다
저 차를 타고 문산으로 달려가면 좋겠다
어둠이 내린 임진강 가를 서성이거나
시장통을 어슬렁거리고 배회하고 다니며
세월이 남긴 상처를 하나 둘 꺼내어
내 혀로 환부를 핥아 주면 좋겠다
도시의 일상에 익명으로 살기보다는
내 이름 석 자를 불러주고 싶다
어둠이 잦아드는 샛강에 비치는 노을이며
변방의 낯선 바람에 몸을 맡기고 싶고
솟아오르는 해를 향해 달려 나가기보다
지는 해의 쓸쓸함에 함몰되어 보고 싶다
아무것도 아닌 것으로 판명된 지난날의
넋 나간 내 사랑과 운명이 미워서
이제는 거꾸로 달려가 보고 싶다

구두를 닦으며

어눌하고 거동이 불편한 사내가
손가락에 검정 때를 묻힌다
하루에 서른 켤레는 닦아야
입에 풀칠이나 할 수 있다며
자신의 고단한 삶을 닦는다
손가락에 검정 문신을 새기며
자신이 누구인지를 고백할 때
눈앞에 떨어지는 파란 지폐 석 장
세상은 얼마나 지엄한 곳인가
몇 천 원을 우습게 아는 자여
그대는 내일 지옥에 있으리라
아침에 집을 나와 구두를 닦는다
어리석은 내 마음을 닦는다

원하면 그렇게 하라

그대가 원하는 일이면 그렇게 하라
내가 가장 만만하다면 그렇게 하라
밟고 또 밟다가 마침내는 잘라 버리고
그렇게 해서 그대들의 자리가 넓어지고
그대들이 더 높아진다면 그렇게 하라
내가 할 일은 두 눈 뜨고 바라보며
꿈틀대지조차 않고 당하고만 있을 뿐
복수를 위해 그런 것이 아니다
한없이 서러워지고 낮아져서
내 혹시 그대들의 자리에 섰을 때
당하는 자들을 헤아리기 위함이다
그대들이여, 원하면 그렇게 하라

이력서

내 말하노니 이력서 자주 쓰지 마라
세상에 희망을 주는 일도 아닌데
산 자의 입에 차마 거미줄을 칠 수 없어
부산에서 서울로 서울에서 광주로
공무원에서 자영업자로 다시 경비로 내몰린
인생의 기울어진 시간들을 고백하며
면접관도 아닌 접수하는 사람 앞에서
머리를 조아리며 연신 몸을 굽신거리는
아아 살아 있는 날들의 구차함이여
나이 들어 이력서 자주 쓰지 마라
어디서든 밥 세끼 먹으면 되는 것을
이력서에는 누가 누군지 다 나와 있는데
아직도 남아 있는 혈기로 주접을 떤다
내 말하노니 이력서 자주 쓰지 마라
생목숨 붙어 있는 자들에게 말하노니
지금 있는 그곳에서 밥을 먹자

너 어디 있느냐

그 자리에서 내려왔다는 소식을 들었다
이제 내려온 자의 서글픔을 알리라
어디에서 상한 마음을 추스르느냐
금정산 등 굽은 소나무 곁에서냐
서해 바다에라도 나가 자책을 하느냐
힘없는 자가 뜻을 펴는 것은 어렵다
잡아도 잡은 것이 아니며
끝나도 끝난 것이 아닌 것을
봉하에서 몸을 던진 광해를 보지 않았느냐
밤새워 난중일기를 읽는다
산하가 밟혀도 다툼은 그칠 줄 모르고
세월 흘러도 사는 모습은 다를 게 없다
그 길을 가지 않는 것이 처신이었다
정치는 경제와는 너무나도 달라

아무나 뒷심 없이는 할 수 없는 것
술수와 음모가 병법인 무서운 곳임을
강한 너가 꺽인 것을 보고 알았다
어디를 떠돌던 몸만은 보전하거라, 친구여

그래서 사람이다

천년을 푸르른 나무들처럼
늘 당당할 수 있나
부서지고 쓰러지고
후회하고 눈물짓는다
변함없는 사람의 성정
잡으면 휘두르고 싶고
놓치면 다시 잡고 싶어 하는
이 땅에 생명으로 불리는
모든 이름들이 안쓰럽다
홀로된 인생 좌절한 인생들이
지천에서 우우 소리를 낸다
별스런 일도 아니다
쓰러지니까 사람이다

경계

한 걸인이 식당 안을 응시하고 있다
아무도 그의 입구를 막지는 않았지만
남자는 문을 열고 들어서지 못한다
원망도 희망도 없을 이 남자에게도
식구들과 방에서 밥을 먹던 추억이 있다
그에게 모든 것은 경계며 성城이다
새벽기도를 마친 여자들이 지나가며
하나님의 섭리에 대해 이야기를 한다
경계 안의 꽃들은 거침없이 자유롭다
허락된 일상도 이전투구의 이생도
경계안의 활기 찬 정경情景이다
세상의 의미 없음을 불평하지 말고
경계 안에 서 있는 오늘을 감사하라
섭리가 당신을 문밖으로 밀어내는 날
오늘의 일상은 그리운 천국이 되리라

고하도高下島¹⁾

1

지는 노을마저 쓸쓸한 섬이었다. 전란의 시기에 이곳
에서 몸부림쳤을 한 남자의 고뇌와 투혼을 기억해
주는 사람은 없었다. 세월은 흐르고 흘러 날을 세워
달려드는 왜적의 칼과 애증의 눈으로 서해 바다를
훑어 내리던 임금의 용렬한 눈초리도 없었다. 葂아,
葂²⁾아 너는 죽어 나를 버리고 어디로 갔느냐, 하늘이
원망스러운 참척의 아픔마저 남몰래 삼켜야만 했다.
끊임없이 밀려드는 파도와 바람 속에는 조선 수군을
재건하기 위한 그의 일심이 묻어 왔다.

1) 고하도(高下島) : 목포 시내에서 남서쪽으로 약 2㎞ 떨어진 섬이다. 충무공은 명량
대첩 이후 1597년 10월 29일부터 1598년 2월 17일 고금도로 옮기기까지 고하도에
서 머물렀다. 이순신 장군이 다 깨져버린 전선 13척을 이끌고 이곳으로 들어왔는데
고하도가 일본 수군의 서해 진공을 견제하고, 영산강 입구 바닷목을 지켜 일본군의
호남 지역 침공을 막을 수 있으며, 겨울철의 북서 계절풍을 가로막아 전선을 만들고
선박을 정박시키기에 알맞은 지형이라고 판단했기 때문이다. 이곳에 있다가 이웃 고
금도로 수군사령부를 옮겨 활동할 시에 전선 85척, 수군 17,000명, 군량미 월 7,000
석 확보, 총통 등 각종 무기를 제작하여 노량해전에서 승리할 수 있었다. 한마디로 고
하도는 쓰러진 조선 수군을 일으켜 세운 곳이다.

2) 葂(면) : 정유재란 중 아산에서 일본군과의 싸움에서 전사한 이순신의 셋째 아들.
난중일기 정유년 10월 14일 일기에 면의 죽음과 관련한 일기가 나온다.

2

생이 극심한 슬픔과 맞닥뜨려졌을 때 쓰러지지 않고 분연히 일어서서 하늘과 사람을 감동시키는 역전의 역사를 쓰라는 호된 질책이 떨어지고 있었다. 좌절하고 또 좌절하여 상처마저 깊을 때 진물이 흐르는 부위를 혀로 핥으며 칼바위에서 용머리까지 신음하며 걸어갔을 그를 생각해 본다. 나를 살리는 것은 상대를 만만하게 보지 말아야 한다는 사실과 세상의 헛된 것들을 분별하여 떠나보내야 하며 자신의 허물은 과감히 베어져야만 한다는 것이다. 오직 사랑하는 임 생각으로 간신들의 모함과 무능한 임금의 실정을 불평할 겨를이 없었다. 피와 땀으로 일군 수군이 괴멸한 어이없는 현실 앞에서도 남겨진 열두 척의 배가 고마울 따름이었다.

3

고하도를 걸으면 세상의 허물은 모두 자신의 과오로
돌려지고 일상에 대한 불만은 간 곳 없고 감사만 넘
칠 뿐이다. 비각 하나 쓸쓸히 남아 그 날을 증언하는
외로운 섬 孤下島, 이 섬 어디에도 그는 없었다. 그는
더 이상 한 곳에 머물러 사람들의 발걸음을 불러 세
우는 묻혀진 망자가 아니었다. 절망을 희망으로 일으
켜 세우는 사람들의 가슴속을 파고들며 끊임없이 투
혼을 격발해 주는 따스한 혼령으로 떠돌고 있었다.

몰운대 沒雲臺

언제부턴가 바다가 미치듯이 그리워졌다
다대포의 전경을 컴퓨터 바탕에 깔아 놓고
그곳으로 도망가기를 바라며 열병을 앓았다
바다와 혈육을 향한 짙은 그리움이었을까
서울 생활을 접을 수만 있다면 달려 내려가
둥지를 틀고 유영하듯 살고 싶었다
죽을 날을 기다리는 사람들이 지천인데
가고 싶은 땅이 있다는 것은 축복 아닌가
모래톱 위를 걸으며 바라보는 몰운대는
수평선 앞에 야성을 멈춘 짐승의 형상이었다

밤새워 사람들에게 편지를 쓰고
세상을 향해 희망을 노래하고 싶다
바다를 지척에 두고 살아본 사람들은 안다
바다를 떠나보낸 날들이 모두 상처뿐인 것을
사구 위를 너울대는 갈대와 빈 배들
사람이 살아온 세월이 욕된 것일 뿐
바다는 언제나 늘 새로운 바다였고
쓰러진 자들을 다시 일으켜 세워 주었다

너에게로 가는 길

뿌연 안개비 내리던 새벽
산책을 마치고 집으로 가는 길에
너의 집을 지나 내 집으로 가는
지름길을 우연히 알게 되었다
너와는 지척의 거리에서 수년을 살며
얼마나 많은 복잡한 길을 걸어서
각자의 구멍을 찾아 들어갔던가
이렇게 쉽고도 가까운 길을 두고도
멀고도 어려운 길을 돌고 또 돌며
서로를 탓하는 시간 속에 갇혀 있었다
함께 살아가는 지상의 이 날에도
그대에게 가는 지름길이 있음을 믿는다
비를 맞으며 걷는 오늘의 새벽길이
이렇게도 즐겁고도 보람일 줄이야
그대여, 평생을 함께 가야 할 사람아
쉽고도 가까운 이 길을 따라서
나 이제 그대에게 속히 가리라

당신의 말이 들리기 시작했다

당신은 늘 나에게 와서 무언가를 중얼거렸다
나는 그 말이 무엇이며 당신은 누구인지
당신이 왜 그러는지 알고 싶지도 않았다
그러던 어느 날 당신의 말이 들리기 시작했다
몸짓을 지어 보이는 당신이 보이기 시작했다
당신이 내게 와서 살며시 건네는 말들은
내 가슴에 들어와 잔잔한 파도가 되었다
그동안 나와 당신 사이를 가로막고 있었던
무관심의 세월을 이제는 잊으며 살고 싶다
사람이 하는 말을 제대로 알아듣기만 해도
세상은 이렇게도 쉽고도 평안한 것인데
사람들은 그 많은 세월 동안 귀를 틀어막고
자기 말만 하다가 하루를 서둘러 마쳤다
그대가 하는 말이 이제야 들리기 시작했다
나는 걸어가 당신과 한 점이 되고 싶다
숨 쉬는 날 동안 당신과 동행이 되고 싶다

섭리

칠월 첫째 주 맥추감사 주일날
화상火傷을 입은 네가 예배당으로 왔다
처음 오는 그날은 성찬식이 있던 날
등산 모자로 과거를 반쯤은 가린 채
백기를 나부끼며 그렇게 왔다
예수가 몸이 찢기고 피를 흘린 것은
너를 오늘 만나기 위해서다
비오는 날 예배당으로 온 친구여
이제는 잘 생긴 너의 얼굴도
너의 명철도 의지하지 마라
생각해 보면 모든 것이 섭리였다
빈틈없이 온통 자아로만 채워진
너를 태워서 다시 쓰시겠다는
그분이 의도하신 계획이었다

문득 어느 날

사람들로부터 너무나 많은
사랑의 빚을 지고 산다는
눈물겨운 사랑을 느낀다
지금까지 살아온 것
지금까지 걸어온 길
내 힘으로 된 것 어디 하나 있나
사랑하는 사람들의 관심과
사랑하는 사람들의 인내로
나는 또 오늘 하루를 맞는다
새벽 청과시장으로 달려가
때깔 좋은 토마토를 사서
그리운 사람들에게 부친다

그대여 당신을 생각하면

너무 고맙고 너무 고마워

돈으로 치면 별 것도 아니지만

붉게 잘 익은 토마토는

내 마음을 전할 수 있을 것만 같다

문득 어느 날 아침에

사랑의 빚을 갚고 살라는

한 줄기 빛이 내려와

내 가슴을 적신다

강

이백육십 미리의 집중호우가 내리던 날
골짜기마다 쏟아져 내린 흙탕물들이
만장을 든 시위대처럼 골짜기를 타고
강 하구로 쏟아져 내리고 있었다
더 이상 담아낼 수 없는 지경에 이르러
강은 둑을 터뜨려 흙탕물을 흘리기까지
성난 물줄기들을 말없이 다 받아들였다
비가 내리지 않아 가물었던 날에는
골짜기의 깡마른 체모가 다 드러나도록
자신을 다 내어 주면서 그렇게 흘렀다
나의 일상은 왜 이렇게도 번잡한가
모든 슬픔과 원망을 다 안아 들이며
이 땅의 희망을 위하여 자신을 비워내는
저 강처럼 그렇게 살아갈 수는 없을까

장마 진 날 강가에 한 번 나가 보아라

한 세상 어찌 흘러야만 하는가를 물어 보아라

부끄럽고 숙연해지는 새벽 강에 나와

잠 못 이루며 내일의 길을 묻는다

임계점臨界點

무서운 단어다 놀라운 의미다

내가 내 자신을 알 수 없고

스스로를 믿을 수 없게 만드는 말

언제 변하여 다른 사람이 될지 모른다

오로지 잘난 나 하나만을 위하여

인연을 끊을 수 있다는 말이다

사람이 아닌 짐승이 되는 순간이다

이 말을 들으면 눈물이 난다

이 말을 들으면 두려움이 앞선다

사람이 갈 수 있는 끝이 어딘가

내가 버린 인연들은 어찌 되는가

나는 어떤 아픔으로 살아가야 하나

* 임계점(臨界點) : 액체와 기체의 두 상태를 서로 분간할 수 없게 되는 임계상태에서의 온도와 이때의 증기압이다. 따라서 이 점까지만 액체가 존재할 수 있다.

부글부글 끓지 말아야 한다
외부의 환경에 굴복하지 말아야 한다
타고난 숨결을 버리지 않아야 한다
그곳까지 가지 않도록 관리해야 한다

나의 길

한 번도 넉넉해 본 적 없다
일을 이루고 난 후에는
또 다른 일로 무너졌다
내일은 다를 것이라고
속으며 살아온 날들
한 번도 차거나 넉넉하지 못했고
늘 정량 미달이었다
채우고 돌아서면
또 다른 파도가 나를 삼켰다
누르고 흔들어 넘치는
그런 날이 있을까
지금까지 걸어온 길
늘 마이너스가 따라붙던 길

안 되겠다 더 외로워져야겠다

이대로는 안 되겠다 더 외로워져야겠다
새벽에 집을 나와 바람 속을 떠돌며
아무래도 나는 더 외로워져야만 하겠다
해가 떠오르는 언덕에 차를 세우고
나이 들수록 갈 길 몰라 혼미해지는
중년의 날들이 자꾸만 부끄럽다
말과 행동을 성城처럼 쌓아올릴
눈부신 잠언들을 길어 올리기까지
나의 외로움은 아직도 까맣게 멀었다
나는 얼마를 더 외로워해야만 하나
다리 한 번 쭉 뻗고 살아 보기 위해
나의 외로움은 이 정도로는 안 되겠다
죽음의 문턱까지라도 내려가야 하겠다
한 톨 아쉬움과 반성도 남지 않도록
아무래도 나는 더 외로워져야만 하겠다
바람 속 낯선 길을 더 달려가야 하겠다

사는 방법

아는 사람은 다 알겠지만 산다는 일이
서로의 가슴이나 자신의 가슴에다
힘겹게 못을 박아대는 일 아닌가
내가 살기 위해 그대 가슴에 못을 박고
몸부림을 치는 그대가 안쓰러워서
오늘은 내 가슴에 내가 못을 박는다
가끔 혼미한 진통에 온몸이 서러워도
그대여 내 가슴에 못을 박아도 좋다
내 한 몸 잘 먹고 잘 살아가기 위해서
남의 몸을 빌려 이 땅에 온 것이 아님을
살기 위해 몸부림치는 그대를 보면서
내 몸을 말없이 내어 줄 수도 있다
마음 한 번 이렇듯 크게 고쳐먹으면
살아가며 부대끼는 힘겨운 일들이
한 순간 눈 녹듯 사라져 버린다
내가 살기 위해 그대를 울게 만든
그대 생각에 내 가슴이 아프다

나는 절망할 때 시를 쓴다

막막하고 기가 막힐 때

어쩔 수 없어 나는 시를 쓴다

궁한 일상을 벗어나기 위하여

이런 저런 궁리를 해 보지만

시는 아무런 힘이 되지 못한다

밤낮 허공 같은 곳을 떠돌며

세상을 향해 힘차게 손 흔들어 보지만

한 발짝도 나아갈 수 없을 때

밑바닥으로 떨어져 신음하며

다시 운명처럼 시를 만난다

시는 쓸쓸한 자의 몸부림이고

하나님 들으시라는 기도소리다

고맙고 또 고맙다

세상에서 손가락질 받으며 살더라도
꽃으로 피어나는 내일이 있음을 믿자
사람이 할 수 있는 가장 소중한 일은
결코 자신을 포기하지 않는 일
사람들에게는 누구나 눈 내리는 겨울
한데에 나가 몸을 떨어야 하는 날이 있다
정신을 놓고 쓰러져 울부짖지 않고
세상을 향하여 한걸음씩 내딛다보면
꿈꾸던 항구에 가 닿을 수 있다
그대가 삶을 포기하지 말아야 하는
많은 이유와 사연들이 있지 않은가
하늘의 별과 당신을 지켜보시는 하나님
이 땅과 바다와 어머니 그리고 가족들

흔들리며 살아가는 날들이 왜 없으랴
이 새벽 운명을 이기고 돌아오는
여윈 얼굴의 장한 당신을 만나고 싶다
절벽에서도 간당거리며 살아서 승리한
그대가 정말 고맙고 또 고맙다

반성

세상을 너무 쉽게 살지는 않았나
사람들이 한 치 앞을 나가기 위하여
이리 재고 저리 재고 할 때에
겁도 없이 뛰다가 쓰러진다
소중한 것들을 위해서는
대가를 치를 줄 알아야 했고
절제를 배웠어야만 했었다
세상 하나 허투른 법이 없는데
쉽게 요행과 기적을 바라며
바람처럼 떠돌지 말았어야 했다
사람은 성실하고 정직해야 하며
정의로워야 한다는 진부한 말을
그대로 믿고 따랐어야만 했다
가던 길에서 넘어져 쓰러진다
해는 지고 갈 길은 먼데
이제 나는 어찌해야 할꺼나

그대 침묵하라

나잇살이나 먹고
겪을 일 웬만큼 겪었으면
해서는 안 되는 말이 있다
아이 낳고 살아가며
몇 번 쓰러져도 보았으면
하지 말아야 하는 행동이 있다
더운 밥 해먹고
좋은 교육 다 받았으면서
절뚝거리는 소자의 환부에다
생 소금을 뿌려대지는 말았어야지
그렇고 그런 일상에서
입술을 지켜 침묵하라
남의 잘못에 침묵하라
자신의 선행에도 침묵하라
위대한 세월이 지나면
시시한 날들을 심판하리라
그대 침묵하라 또 침묵하라

모든 것은 때가 있다

이비인후과 병동에 갇혀
눈 내린 세상을 바라본다
여름날 과로한 쿨링타워는
하얀 깁스를 한 모습으로
중환자처럼 쓰러져 쉬고 있다
한계를 넘은 과로에는
깊은 잠만이 치유하리라

세상은 온통 눈의 마법에 걸려
눈을 감고 기도 중이다
모든 일에는 때가 있다
엉겨 붙어 사랑할 때와
원수처럼 서로를 버릴 때와
신명으로 우쭐거릴 때와
오늘처럼 수술 날을 기다리며
창밖을 바라보는 때가 있다

어제의 평범한 일상이 그립다
귓전을 울리며 깔깔대던
늦둥이의 웃음소리가 그립다
나는 돌아갈 수 있을까
나의 지지자들이 모여 사는
천국 같은 내 집의 일상으로

안부

서로 안부를 물으며
뜨겁게 손을 잡는다
지난 한 주일 동안
아버지의 귀한 자식들이
세상에 나가서 살며
어떻게 지내다 왔는지를
묻지 않는다

서러운 눈물을 삼키며
사망의 골짜기를 헤맸거나
사람들로부터 짓밟혀
땅에 서럽게 버려졌는지를
따져 묻지 않는다
교회 주보 환우 명단에 올라
명멸해 간 이름들을 본다
일상의 부침 속에서
아직 살아 있는 오늘의 내가
고맙고 감사할 따름이다

아직은 뜨거운 생이다
지상의 모든 날들이
눈물겨운 축제 아닌가
살아 있는 생명들이 서로
서로 자축하며 손을 잡는다
별일 없으시죠, 건강하시죠?

새벽기도

새벽 미명 고달픈 인생들이 달려와
예배당에 말없이 무릎을 꿇었다
어둠속에서 신음하며 뉘우치고
콧물을 훌쩍이며 울먹인다
하늘을 향해 두 손 들고 부르짖고
더러는 새벽에 새 삶을 결단한다
저만 혼자 잘 먹고 잘 사는 것이
능사가 아니었다
이 못난 자아를, 이 못된 자아를
죽이지 못한 것이 사탄이었다.
생이 빛나기 위해서는
스스로 한 마리 양 같은
희생 제물이 되어야만 했다
제 한 몸 잘 살기만을 꿈꾸다가
오늘도 이렇게 예배당에 쓰러져
빈주먹을 쥐고 흐느껴 울고 있다

너 하나만을 위한 사랑

사랑은 고단한 육신을 이끌고
먼 길을 달리고 항해하여
그대를 만나러 가는 일이다

사랑은 일심이다.
병들어 죽어 가는 생명을
자신의 혈육처럼 여기며
폭풍 속을 뚫고 달려가는 것이다

사랑은 언제나 목숨을 걸어야 한다
오해와 질시에 온몸이 서러워도
나 하나만은 흔들리지 말아야 한다

사랑은 무식하게
사랑은 전투하듯 그렇게 해야 한다
너 하나만을 위한 사랑은

3부

귀경

밤길을 더듬거리며 걸을 때 눈물이 난다
멸치도 사람을 위하여 가는 이 길에
누구를 위해 썩어 본 적이 없는 내가 간다

행주幸州 가는 길

못난 놈이 생을 지탱하기 위해서

얼마나 많은 눈물을 삼켜야 하는지 모른다

밤새 내린 폭설에 온몸을 떨다가

날이 밝자 환하게 웃으며 흔들리는

길가에 핀 저 들꽃을 보아라

따라지들이 쓰러지지 않기 위해서

얼마나 한데서 떨어야 하는지 모른다

물살을 거슬러 올라가는 연어들처럼

나는 지금 산성山城을 향해 달려간다

사백여 년 전 임란 때 행주에서는

피비린내 나는 전투가 있었다

살아남기 위한 그날의 절박함과

오늘의 이 쓸쓸함이 대체 뭐가 다른가

* 행주(幸州) : 임진왜란의 격전지인 경기도 고양시에 있는 행주산성(幸州山城)을 말함.

86

한송이 꽃도 그저 피고 지지 않는다
오늘 전장戰場을 살아내는 사람들의
투혼이 눈부시도록 아름답다

당신은 예수

남편이 실직하자
연탄 지게를 짊어지고
산동네를 다니셨던 어머니
어머니는 시로 표현할 수 없다
그 기가 막히는 사연들을
단 몇 줄로 마감할 수 없다
빚쟁이를 피해 다니던 골목길과
쌀을 빌리러 간 새벽에 대하여
어머니에게는 변호가 필요하다
그 수모와 눈물의 세월을
무정한 말로 다 표현할 수 없다
어머니는 몇 줄로 묘사할 수가 없다
그 분에 대한 예의가 아니다
목숨 다할 때까지 추억하며
반성해야 하기 때문이다

어머니는 살아 있는 예수다

무능한 남편과 자식을 위하여

자신을 까맣게 지우면서

그렇게 세월을 넘어온

바로 그 사람, 예수

역설

잘 가, 잘 살어 라고 짧게 말할 뿐
팔순의 어머니는 더 이상 말이 없다
어머니가 이제 가야할 곳은
고향집 온기 없는 냉방이다
곧 맞아야 할 차디찬 죽음이다
큰아들 집에서 이제는 작은 아들 집에서
반기지 않아 떠도는 당신의 말대로
이제는 아무짝에도 쓸데없는 물건이다
어머니의 생을 아무도 기억하지 않는다
이 지상에 존재했던 하나의 전설 같은 것
온기가 사라진 흑백 사진처럼
아무 감정도 불러일으킬 수 없다
어머니는 슬픈 이름이다 역설 덩어리다
자식들에게 짐이 되기 싫어서
묻힐 자리를 향해 떠나야만 하는
눈물겨운 십자가의 절정이다

어머니, 이 땅의 인간들에게

부끄러움을 알게 하는

위대하고도 서러운 이름이다

가야할 길은 아직 멀다

시집가던 날
그대는 울고 또 울었지
사십년 세월을 함께한
홀로 남겨질 어머니와
넘어야 할 세월을 생각하며
그토록 눈물이 났을까

운명 같은 그 사람을 만나
한 숨을 돌리기에는 아직 이르다
신었던 구두를 벗어
군화로 다시 바꾸어 신고
세상 속을 진군해야지
그대, 기억해야만 하리
혼인은 도처가 전장이며
처녀 총각의 그 잘난 자아가
죽어야 하는 무덤인 것을

그대 아직 가야할 길은 멀다
오늘 밤 어서 떠나라
기쁨과 눈물로 아로새기며
지층처럼 쌓아 가야 할
혼인, 생의 멀고도 아름다운
언약의 그 길을

산다는 것

산을 오르는 것이다
다리를 절뚝거리며
봉우리를 넘는 것이다

파도를 넘는 일이다
숨 쉴 겨를도 없이 돌아서면
달려드는 파도와 파도를

때로는 말도 아닌 말을 듣고도
그 자를 위하여 기도하며
눈물의 날을 보내는 것이다

나는 몰랐다

당신의 고독이 강처럼 깊은 줄은 몰랐다
절망과 희망은 늘 두 얼굴로 붙어 다녀
희망을 바라볼수록 행복해질 수 있다며
생의 기쁨을 노래하자고 말하지 않았나
당신의 아픔이 그렇게 크고 어두운 줄 몰랐다
물은 건너보고 사람은 겪어 보아야 했던가
목을 매달고 생목숨을 버리는 당신을 보며
생의 모든 날이 어차피 연출인 것을 알았다
당신이 빈틈없는 절망 속에서 웅크리고
눈길 위를 위태롭게 달려왔을 줄은 몰랐다
당신의 모습을 잊을 수가 없다
천연덕스럽게 텔레비전 속으로 걸어 나와
행복하라며 다정히 웃어주던 얼굴을

노래방에서

일상이 지뢰밭처럼 느껴지는 날이면
아픈 상처로 절뚝거리며 노래방으로 간다
어느 노래인들 추억이 서려있지 않을까
생의 모든 명제와 숙제들을 불러내어
네 박자에 모든 처분을 일임해 본다
남자라는 이유로, 어쩌다 마주친 그대, 사랑했어요
해후, 부산갈매기, 그 겨울의 찻집…
십팔번을 연이어 부르며 막춤을 출 때
나는 출세한 사람처럼 신명이 난다
누가 이처럼 심신을 어루만질 수 있을까
흐느끼고 아쉬워하며 목청 높여 결단한다
노래방, 닫힌 문이 열리고 맺힌 것이 풀어지는
이곳은 탕자들의 예배당이다

목련을 보며

초봄에 세상을 열고난 후
사정없이 제 몸을 흔들어
꽃잎을 떨어내는 광기
다시 푸른 잎 산발하고
하늘을 향해 돌아 서 있는
너를 보면 가슴이 저며 온다
여름밤 뜰에 나와 보면
버릴 때 사정없이 버리는 것도
영생하는 길임을
비로소 알게 된다

아버지

할 말이 너무 많아
당신의 답변을 듣고 싶은데
당신은 떠난 지 이미 오래다

생이 피어나던 유년 시절
당신은 언덕이 되기보다는
불평과 원망의 진원지였다

아버지가 되어서는 안 되는 사람들은
너무 쉽게 아버지가 되어
이 땅의 탕자들을 낳았다

아버지가 미워 미워서
당신처럼 살지 않기로 맹세했지만
세상은 그렇지가 못했다

생각하면 철없는 자식이었다
무너져가는 당신 가슴을 향해
얼마나 많이 시위하였던가

애당초 어쩔 수 없이
손가락질 받을 수밖에 없는
운명을 가진 이름, 아버지

상행선

부산발 서울행 상행 열차
낯선 사람들이 만나 서울로 간다
밀양까지 간다는 젊은 부인은
어깨가 닿는 일에 얼굴을 붉히고
일흔을 넘긴 백발의 할머니는
신문에 싸온 떡을 말없이 나누어 준다
기차는 낙동강을 돌고 산을 휘돌아
추풍령의 산자락을 가르며 달린다
안개 자욱한 목요일 오후
기차가 영동을 지날 때 즈음
창가에는 정자 같은 비를 뿌렸다
살아야 할 날이 많다는 것은
부끄러워해야 할 날이 많다는 것
죽을 날에 가까울수록
베푸는 일이 지상의 삶인가

하행선

서울발 부산행 경부선 하행
군대 휴가 때부터
기차를 타는 일은
스스로를 고문하는 일이었다
목숨 다하는 그날까지
기차로 오르내리는 일이
삶이려니 생각했다
기차를 타면
기차를 이길 수 없고
오늘의 나를 비껴가고 싶은
유혹과 배반의 길이었다

낮술

주인인 칠순의 박 노인과
셋방 사는 서른 살 김 군이
순대국 집에 마주 앉았다
몇 순배 술잔이 도는 동안
서로 아무 말도 하지 않았다
백발에 돌아갈 날 가까우나
젊어서 살아갈 날 많아
무엇에든 목마를 때에도
이렇게 찬바람이 불어오면
모두가 쓸쓸한 것을

실직

실직은 기다림이다
잠 안 오는 밤이면 쓰고
잉크가 마르기도 전
새들이 날아드는 아침이면
우체통을 찾아 나선다
실직한 시절의 삶이란
원망도 희망도 없이
관찰하고 기다리는 것
아침 조간이 오기를
텃밭에 심은 감자의 싹과
초등학생 딸아이의
수업이 파하기를
실직은 기다림이다

병아리

딸아이가 오백원을 주고 샀다는
노란 병아리 한 마리
늘 갇혀 있는 라면상자를
벗어나기를 꿈꾸고
지켜보던 딸아이가 가버리면
큰소리로 삐악거리며
사람의 체취를 그리워했다
뛰뚱거리는 병아리의 모습에
집안에는 난데없이 웃음이 돌고
병아리를 바라보는 아내는
아이를 하나 더 낳고 싶다고 했다
살아 있다는 것은 삐악 삐악
노래할 수 있다는 것
살아 있다는 것은 뛰뚱 뛰뚱
반란을 꿈꿀 수 있다는 것
사람이야 무슨 말이 더 필요하나

일주일 동안 메마른 집에

웃음을 주고 떠난 고마운 생명

노란 병아리 한 마리

시월

달려가고 싶다
햇살 부숴져 내리는
낙동강변 구포 둑을
만나고 싶다
태어나 그곳을
한 번도 떠나지 못한
어리숙한 문둥이들을
걷고 싶다
걸으면 내가 되살아나는
구포, 시월의 그 거리를

가을

가을은 판관이다
세상을 심판하는 예수다
그게 아니라면 가을에
이렇게 부끄러울 수 있나
코스모스 꽃길만 걸어도
방황의 진창일 수 있나
낫질을 기다리는
알곡의 물결
황금 들녘에 서면
나는 서러워라
가을 속에는 언제나
떠나고 싶은
부끄러움이 있다
가을은 판관이다
세상을 심판하는 예수다

전어회

시집 식구와 다투고 나온 여동생과
다대포 어시장에 앉아
전어회를 시켜 먹는다
눈물을 글썽이며
말을 더듬는 여동생에게
사는 것은 싸우는 일이고
속아 주는 일이라고 말해 보지만
뼈 발라낸 가을 전어처럼
씹히는 게 없는 눈치다
너만의 문제가 아닌 것을
너만의 사랑과 인내로
풀어내어야만 하는 것이
혼인의 숙명임을 어쩌랴

상처받은 그 자리에
새 살 돋아나거든
그때 우리 다시 만나
세상은 오래 살고 볼 일이더라고
웃으면서 이야기하자

양화진

금요일 오후 양화진 나루터에
한 여자가 고개를 숙이며 앉아 있다
스쳐 지나치며 앉아도 좋으냐고 묻자
그녀는 말없이 고개를 가로저었다
생각해보면 두려운 일이다
여기서 맺어지는 인연이라면
피를 쏟으며 서로의 목을 베는
그런 사랑을 하게 되리라
양화진 나루터에 낙엽이 진다
철없던 시절의 사랑이 그립다

송추 가는 길

구파발 삼거리를 지나 송추로 가면
홀어미 모시던 네가 마중 나올 것만 같다
봄이 오는 삼월의 어느 날 퇴근 무렵
누님의 흐느끼는 전화 한 통으로
너가 살아서 감당해야 했던 짐들을
너무 쉽게 벗어버리고 떠났다
이제 만날 수 없겠지 이 길을 가더라도
죽지들 못해 사는 목숨이지만
너와 함께한 세상은 아름다웠다
세상은 변함없는 풍경 그대로인데
이 길에 눈물로 의미를 새긴 것이 누구냐
막막한 것은 살아남은 자들이다
흔들리는 버스 속에서 창밖을 바라보며
내일의 빵과 그리움에 눈물짓는 자들
진종일 매미가 울어대는 송추 가는 길
너에게로 가고 생명으로 가던 이 길은
내가 살아서 불러야 할 슬픈 노래가 되었다

귀경

설 연휴 마지막 날 경부선 밤차로 올라와
모든 것을 반납한 익명이 되어 종착역에 서 있다
올라올 때 매 번 낯설게만 느껴지는 서울
살 자신이 없으면 내려와 지내라고 하시며
어머니가 안겨 주신 멸치젓을 손에 들고
어둠이 쌓인 서울역 지하도를 건넌다
밤길을 더듬거리며 걸을 때 눈물이 난다
멸치도 사람을 위하여 가는 이 길에
누구를 위해 썩어 본 적이 없는 내가 간다
멸치는 나를 보고 썩으라고 한다
시시한 꿈 다 버리면서 살라고 한다
가슴 깊이 빗장을 지른 사람들 속에서
풀 한 포기 심으며 모두 내려놓으라 한다
펑펑 눈물이 쏟아져 내릴 것만 같은 귀경길
거리로 나서면 빚진 사랑을 되돌려 줄 수 있을까
아아, 부끄럽고 못난 내 영혼은

강매역 江梅驛

서울까지 통학하는

초등학교 삼학년 계집아이가

열차를 놓친 빈 들녘에서

혼자 서럽게 울고 있다

역사도 없는 강매역

이름만 있을 뿐인 빈 들판

하얗게 내린 찬 서리 위로

바람에 나부끼는 억새풀이

눈부시도록 아름답다

모두가 떠난 쓸쓸한 간이역

너와 내가 버려지는 날들이

어디 오늘 하루만이랴

칼바람 서걱대며 우울한 기억을

사정없이 강매强賣하는

십이월의 강매역 江梅驛

＊ 강매역(江梅驛) : 경기도 고양시 행신동에 소재하고 있으며, 경의선 행신역과 화전
역 사이에 있는 역사(驛舍)가 없는 간이역이다. 현재는 경의선 복선전철 개통으로 사
라져 버렸다.

겨울 만리포

출장을 핑계로 떠나온 서해 바다
폭설에 갇혀 버린 만리포에서
대책 없이 바다만 바라본다
세상은 온통 눈으로 파묻혀
이 소읍까지 달려왔던 길들과
다시 돌아가야 할 길들은
한 치 앞도 보이지 않고
떠나오면 아무것도 아닌 것
그렇고 그런 평범한 일상들인데
이렇게도 난장을 떨고 나서야
눈 떠지는 내 영혼이 부끄럽다
세상 어디에도 없을 방주를 찾아
얼마를 더 방황해야만 하는가

칼날 같은 파도를 입에 물고
살풀이춤을 추고 있는 겨울 바다
내 삶의 현장으로 돌아가리라
방주도 천국도 내가 모두 삼키고는
겨울 만리포, 이 무슨 청승인가

겨울 수원행

수원시 권선구 우만동 기동 일 중대
군 생활 삼년이 사정없이 구겨지던 곳
무너져 가는 자신들은 막지 못해도
데모 하나는 잘도 막고 다녔었다
꽃병 던지고 최루탄을 쏘아대며
서로가 서로에게 미쳐 내 닫던
고단한 그날은 대체 무엇이었나
최루연기 뽀얗던 그 거리에는
이제 서로에게 깨끗한 셈과
이십일 세기의 비전이 있을 뿐이다
성난 시민들에게 외면당하고
부패한 권력에게 사역 당하던
광대의 그날이 그리울 만큼
오늘의 내가 불안한지도 모른다

제대한 지 십수 년이 흐른 지금
아픈 날에도 살아남아 승리한
빛나는 추억이 그리워서
목이 터져라 출정가 뽑아대던
그때 그 부대 정문 앞에
지금 내가 서 있다

덕포진

집으로 돌아가는 퇴근 무렵
오십 키로를 달려와 도착한 곳
김포시 양촌면 덕포진
한때는 외세와 싸워 이긴 격전지
지금 변방의 쓸쓸한 포구에는
산책 나온 노인 부부 두 명이 전부
하루를 뜨겁게 달군 불덩이는
포구를 붉게 물들이며 쓰러진다
이양선이 출몰하는 도시의 일상에서
쓰러지지 않기를 다짐하며
노을이 지는 포구를 걷는다
생이 아름다워지기 위하여
나는 얼마를 이렇게 눈물지으며
외로워해야만 하는 것인가

청사포 가는 길

청사포에는 푸른 모래톱이 없다
방파제가 하나 있을 뿐
거기에는 잔뜩 그리움만 있다
청사포는 그곳까지는 가는 길이
서럽게도 아름다울 뿐이다
달맞이 고개를 넘어서
파도치는 바다로 달려 내려가면
동해로 달리는 철로 변에
이국 풍경의 마을이 하나 있다
산다는 것은 청사포와도 같은 것
푸른 모래톱을 찾아 나서는
눈부신 환상일 뿐이다
청사포에는 푸른 모래톱이 없다

4부

기다림에 대하여

뒤돌아보면 훤히 알 것이다
삶의 팔 할이 기다림이었다는 것을

잘 기다릴 수만 있어도
이미 그대의 절반은 성공이다

노래방에서의 사색

술 마시고 단란한 주점 아닌
노래방에 가는 사람들 욕하지 마라
기도하듯 선곡하는 손길 위에와
마이크를 잡고 외쳐대는
영혼의 흐느적거림 위에
영원토록 평강이 있을지어다
이곳에선 너와 내가 하나가 되고
안개 속 같은 세상이 열린다
짐 진 자들아 주저하지 말고
노래방으로 달려오라
이혼한 여동생이 생각나
구성지게 옥경이를 부르고
남자라는 이유로 묻어두고 지낸
말 못할 사연들도 노래하자
노래방은 예배당처럼 힘을 주나니
사랑과 미움 이별 뒤의 화해도
능치 못할 일이 없느니라

사람들뿐이다

사방 천지에 길이 나 있다
뱃길과 철길
고속도로와 지하철까지
지상에 있는 모든 것들에겐
가야할 길이 있다
미물들은 배우지 않고서도
모두 제 갈 길을 간다
생명이면서도
온갖 길을 만들었으면서
갈 길 몰라 헤매는 것은
오직 사람들뿐이다

겨울 정원

목련이 피고 간 뒤에
그리움으로 피 토하던
붉은 장미와 선인장
모두들 어디 갔나
시골집 순이 같은
분꽃만 홀로 남겨두고
모든 것 다 끝난 듯한
겨울 정원에는
다시 이슬 머금은
국화 봉우리
때가 오지 않았음을
한탄할 일이 아니다
때가 왔음을
기뻐할 일도 아니다
찬바람 부는
겨울 정원에 서 보면

눈물이 되리라

울게 되리라 그대
소중한 것들을
그리도 멀리 두고
편지 한 장
전화 한 통 없이
별과 달이 뜨고 지도록
내버려 두면
겨울이 오는 어느 날
산새 우는 아침이 오면
그대 알게 되리라
때 늦은 그 날에
눈물이 되리라

웃음꽃

사람이 그리워 남행 열차에 몸을 싣는다
마중 나온 친구들과 어울린 호포에서의 밤낚시
누가 알기나 하리 이 아름다운 마을의 이름을
풀섶에선 쇠똥 냄새에 옛 추억이 그립고
새벽이 깊을수록 유년이 빛나는 별자리들
바람 불면 갈대가 서로 사무치는 소리
물안개 자욱한 새벽강에서 매운탕을 끓인다
서울로 객지로 떠돌던 친구들 다시 만나
삶에 부대낀 사연들은 가슴에나 묻어두고
돌린 소주잔에 웃음꽃이 터진다

항해

떠나가고 있는 거다
비행기를 타고 전철을 타고
일상으로 돌아온다지만
떠나가고 있는 거다
휘발유 대신 밥을 소화시키며
떠나가고 있는 거다
비가 오고 바람이 불고
풍랑과 해일을 삼키며
떠나가고 있는 거다
누구는 지루하다며
바다에 몸을 던져도
항해는 무심히 계속될 뿐
떠나가고 있는 거다
정말 우리는

첫사랑

첫사랑은
싸락눈 내리듯
소리 없이
왔다간다
첫 사랑은
눈이 부셔
눈이 멀고
첫 사랑은
달콤해 귀가 멀어
오는 모습
가는 소리도 없이
떠나보내고
떠나가는 것

낙화

눈보라 날리듯
산야에 벚꽃이 진다
유배지 같은
서울의 봄
사람이
쓰러지는 방법도
여러 가지가 있더라

세월

살다 두려워 말아라
고난이 드리울지라도
기뻐하지도 말아라
세상이 다 내 것 같아도
두려운 날도 기쁜 날도
한때의 환상일 뿐
세월은 모든 것을 이긴다
우리에게 세월이 있나니
하나님 같은 세월이 있나니
밤은 별들을 거느리고
저만치서 오고 있나니

격전지에서 쓰는 편지

임란의 함성이 들릴 듯한 행주산성
아홉 차례나 밀고 밀리는 사투 끝에
이천삼백 명으로 삼만을 물리친 곳
피비린내 나는 전투가 어찌 그날만이랴
인생의 날들이 모두가 전투인 것을
나는 그날의 장수가 되어 산성을 오른다
언덕배기 절벽 아래는 푸른 한강수
사방이 도망칠 곳 없는 낭떠러지
절망 속에서도 희망을 놓지 말라며
겨울나무가 호되게 꾸짖는다
나의 생애는 늘 전투일 것이다
아카시아 향 진동하는 꽃피는 사월이나
낙엽 쏟아지는 시월의 가을이 오면
산성에 올라 쓸쓸히 비목을 부른다
나는 노래하지 않을 수 없다
피와 땀이 실려 오는 행주의 바람을

우체국에서 부르는 사랑 노래

창밖에는 눈이 내리는데
사람들은 포장 테이프를 찢고 붙이며
어디론가 보낼 선물들을 포장한다
보고 싶고 주고 싶은 마음에
서대문 언덕배기 우체국에서
사랑의 마음을 터뜨린다
주고 보내는 것은 너를 살리고
나를 살린다고 굳게 믿는다
친구야 동생아 형님아 그리고 어머님
그리운 이들의 이름을 부르면서
질기고도 험한 이 세상에서
서로 부둥켜안고 함께 가야지
눈밭을 달려 이곳 우체국에 와서
그들의 주소와 이름을 적으면서
내가 사는 이유도 알게 된다

때로는 힘들고 처지가 어렵더라도
쓰러지지 않고 살아남아서
지금 서 있는 그 자리를 지켜다오
악한 세대에 지지 않고 살아서
아름다운 우리들의 생을 노래하자

살아가는 이유

젊으나 나이를 먹었거나
언제나 그리운 것은 사랑이다
사람들은 서로 미워하고
상처를 주고 할퀴기도 하지만
사랑을 위한 몸부림일 뿐
사람들로부터 잊혀지는 일이
죽는 것보다 싫은 까닭이다
항상 그리운 것은 사랑이다
목숨 줄이 붙어 있는 한
확인하고 싶은 것도 사랑이다
그래 오직 사랑이다

눈꽃

출근길 도로변의 관목과 나목의 가지마다
소담한 꽃을 피워 잠시나마 시름을 잊는다
꽃을 피운다며 요란을 떨지 않아 좋았다
두 팔 벌리고 가만히 서 있기만 해도
밤새워 쉬지 않고 입히고 꽃을 피웠는데
위에서 내려오는 은총이 이런 것일까
눈꽃이 아름다운 것은 자기 때를 알기 때문이다
스스로 무너져 내릴 순간을 알기 때문이다
나도 저렇게 자유로울 수는 없는 것일까
세상에 와서 흙도 밟고 바람도 맞았는데
한 여자와 남자를 만나 사랑까지 해보았는데
애원하며 안타까워 할 일이 더 무엇이 있으랴
엄마가 떠나던 그날도 눈꽃이 만발했었다
혈육과 사랑, 소중한 그 어떤 이름마저도
땅에 있을 동안에는 눈꽃처럼 지고야 말리라
출근길 눈꽃이 내게 와 마구 경을 읽어댄다

사십대

껍데기가 사정없이 벗겨진다
세상이 뒤집힌다
죽든지 버리든지
그것도 아니라면
가득 채워야만 넘을 수 있는
생의 나이테, 사십대
아무도 무사히 건널 수 없다
너의 뻔뻔함을 보여다오
너가 지고 가는 십자가도

참 숯가마에서

사람들은 숯가마 주변으로 모여들었다
쉬지 않고 삼일 밤낮을 타오르던 불이다
가마 속의 참나무는 고열에서 으스러져
순도 높은 황금으로 변해 번쩍거렸다
가마 속에서는 이상한 소리가 들려온다
윙윙 거리는 무서운 불의 소리다
불의 춤을 보고 있으면 경건해진다
아픈 자들의 염증을 삭아지게 하고
외로운 자들의 언 가슴을 녹여 내자면
구십구 프로도 아닌 백 프로 이상으로
살과 뼈, 그리고 영혼마저 다 타야 한다
혼절하는 저런 불의 춤이 아니라면
어느 누구에게 감동일 수 있으랴
파랗게 타는 숯덩이를 보고 있으면
나는 자꾸만 부끄러워진다

소중한 것들에 대하여

소중한 것들은
언제나 늦게 찾아온다
정욕 가득한 날의
간절한 욕망들은
이루어지지 않았다

구회말 투아웃
모든 것이 끝난 듯한
파장의 끝 어디선가
소망하는 것들이
간당거리며 찾아온다

소중한 것들은
너무 늦게 찾아온다
안식의 밤이 찾아들듯
소중한 것들은
별들을 거느리고
막차를 타고 온다

파마

진눈깨비가 빗발치던 날
연세대 건너 이층 미용실에서
쪽진 머리가 싹둑싹둑 잘리어진다
젊어서 탐스럽던 삼단 머리가
늙어서는 산발한 삼베 같은 머리가
무청 자르듯 싹둑 싹둑 베어지고 있다
남편과 자식이 생의 전부였고
옷 한 벌 제대로 걸치지 못한
지지리도 박복한 조선의 모성이
말없이 잘리어 떨어지고 있다
자식의 강요에 어쩌지 못하여
미장원에서 소처럼 고개 숙이고
말없이 소신을 내려놓고 있었다

부산 같으면 나갈 수 없는데
서울이라 창피는 덜하겠다며
혼잣말로 수런거리는 어머니
곧은 옛 모습은 찾아볼 수 없고
아그리파와 같이 말없이 눈감은
일흔 아홉의 어머니를 바라보며
나는 두렵고 또 두려웠다

겨울 들녘

새벽에 일어나
텅 빈 들판을 바라본다
모든 계산을 마친
저 충만한 허공
눈 뜨면
시가 아닌 것이 없다
언제 나는
세상 빚 모두 갚고
몸을 비운 채
저 빈 들녘처럼
자유로울 수 있을까

새벽 첫 차를 기다리며

비가 내린 후로 새벽바람이 칼날처럼 매섭다
일요일 아침반 근무를 해야 하는 사람들이
새벽 첫 차가 오기를 기다리며 서 있다
다 타버린 것을 부여잡고 괜히 이러는 것은 아닌지
결코 오지 않을 날들을 기다리며 나는
점차 사그라들어가는 숯덩이일지도 모른다
아직은 직장을 다닌다며 얼마간 몸부림을 치다가
이내 몸속의 진액을 쏟으며 소멸하고야 말리라
나이 들어갈수록 팍팍한 세상살이에
말끝마다 참, 허참이라는 탄식을 절로 하며
오늘도 어김없이 서울 가는 첫 차를 기다린다
가파른 길, 어디선가 힘이 부쳐 쓰러질지도 모르는
나의 길은 가도 가도 끝이 없는 오르막이었다
이러다가 꺾여 수직으로 하향하는 그래프처럼
추락하는 것이 내가 가야만 하는 길이 아닐까
결국 맥없이 부서져 바람에 날릴 진흙덩이일지라도
잘 구워진 한 점 뚝배기처럼 그렇게 살고 싶다

바보 남자

남자는 여자에 대해 모르는 것이 많았다
등잔 밑이 어둡듯이 남자는 여자를 몰랐다
여자가 신령스럽다는 것도 모르면서
남자는 늘 여자를 가까이에 두며 살았다
세상의 모든 남자를 낳은 것은 여자였기에
남자는 여자를 이길 수가 없었다
여자들처럼 그 많은 피를 흘린 기억이 없었고
생명을 위해 십자가를 진 일도 없었기 때문이다
여자는 살이 찢기면서도 한 번도 비겁하지 않았다
뼈가 틀어지고 이빨이 다 빠져나가도 좋았다
남자는 여자의 싸움 상대가 되지 못한다
무식하고 철없는 남자들이 여자를 울렸고
남자가 모르는 것은 이것뿐만이 아니었다
여자가 어머니가 되면 더 강한 것도 몰랐으니까
남자는 여자를 이길 수가 없다
그건 꿈도 꾸면 안 될 불경스러운 일이다

그래도 감사

계절이 깊어가는 우편 창구에는
추수의 열매를 나누는 일로 북새통이다
올해도 나에게는 추수할 것이 없었다
빚은 불어났고 청구서의 종류는 늘었다
맨정신으로는 감사할 수가 없으리라
살면서 감사할 일이 뭐가 그리 많을까
하지만 내가 누구라는 것을 안다면
그래도 우리는 감사해야 함을 안다
사는 동안 끊이지 않고 찾아올
낮과 밤 추위와 더움을 생각한다면
숨 쉴 수만 있어도 감사해야만 하리라
죄짓지 않기 위해 무던히 애를 쓰며
맛을 잃고 밟히는 소금이 되지 않도록
두려운 마음으로 사는 것도 감사하다
나의 감사는 언젠가 내 것이 되리라는
소망으로 사는 것도 감사하다

겨울기도

아버지여, 겨울이 오는 길목에서
당신에게 기도할 수밖에 없습니다
낙엽이 바람에 흩어져 땅에 날리는 지금
어디론가 멀리 떠나가게 하옵소서
당신을 만홀히 여긴 나를 용서하시며
저에게는 무엇을 더 기대할 것이 없습니다
당신이 나를 이렇게 내버려 두신다면
내가 범죄하여 당신 곁을 떠날까 두렵나이다
나를 망하게 해서 이 자리를 떠나게 하시던지
아니면 나를 흥하게 해서 떠나게 만드시되
지체하지 말고 결단을 내려주시옵소서
내가 가진 모든 수단은 다 소용이 없으며
당신의 기적만이 구원이 되는 이 때
나는 당신께 기도할 수밖에 없으며
당신은 친히 이루실 수밖에 없나이다

무엇으로 내가 다시 태어날 수 있으며
내게 있는 무엇이 대체 소용이 되겠습니까
아버지여 나를 긍휼히 여기시고 도우소서
이제는 친히 당신이 나서야 할 때입니다

기다림에 대하여

비 내리는 날 와우산을 넘는다
산다는 것은 기다리는 것이다
속고 속으면서도 기다리는 것
그것이 내가 산 삶의 정체였다
뒤돌아보면 훤히 알 것이다
삶의 팔 할이 기다림이었다는 것을
기다림은 곧 외로움이다
와우산 정상을 지날 즈음
비는 눈으로 변해 아우성이다
한 순간도 멈추지를 않는다
삶은 시시각각 다른 모습으로
내 일상을 흔들며 사라진다
이제는 더 탈 것도 없는 화목인데
아직 무엇을 더 태워 보겠다며
스스로 애를 태우는 것인지 모른다

내 생이 마치는 날 그 순간에도

누군가가 어서 오기를 기다리며

거친 숨을 몰아쉬며 꺼져갈 것이다

이 생에 왔다 가는 짧은 여정에서

잘 기다릴 수만 있어도

이미 그대의 절반은 성공이다

견자見者의 노래

– 오창렬

1. 당신의 말이 들리기 시작했다

　김용원의 새 시집 『당신의 말이 들리기 시작했다』
를 읽으며 우리는 시가 죽었다는 세상에서 시의 신
봉자를 만나는 뜻밖의 기쁨을 맛보게 된다. 저 세기
말과 새천년의 벽두를 우울하게 장식했던 문학의 죽
음에 대한 애도나 시의 죽음을 우려하던 말들조차도
까마득 위력을 잃어가는 마당의 일이니 더욱 그렇다.
　시인조차도 시를 읽지 않는다는 어불성설의 현실
에서 이는 오히려 놀라운 일이라 하지 않을 수 없다.
그렇다고 해서 "시를 읽고 노래하는 가슴이 있는 동
안 나는 망할 수가 없다"(「序文」)고 말하는 김용원
시인의 말을 믿지 않을 도리가 없다. 시에 대한 그의
믿음은 생사와 연결된 현실적인 문제인 듯하다.
　목숨의 결을 이루어 온 것으로 보이는 시에 대한

시인의 종교적인 믿음은 자신의 시가 상처받은 사람들에게 가 닿아 "살아 움직이는 잠언으로 태어나길 바란다."(「序文」)는 소망으로 이어진다. '잠언'은 이번 시집의 성격을 적시하는 언어이다. 이 회색의 계절이 흐리다면, 또는 이 도시와 자본의 세계가 어둡다면, 그리하여 우리의 삶이 두렵거나 불안하다면, 이 시집을 펼쳐 시어를 살피고 그의 말에 귀 기울여 볼 일이다. 시인의 삶이 그려내는 시어들은 우리를 위로할 것이고, 시편들에 보석처럼 박혀 있는 잠언들은 우리의 어깨를 토닥거리고 세워 줄지도 모르는 일이므로.

흔히 그렇듯이 이 시집의 표제시 「당신의 말이 들리기 시작했다」와 시집의 첫 작품 「막장場을 위하여」는 이 시집의 성격을 암시하거나, 시집의 독법을 안내하는 상징적인 작품이 된다.

당신은 늘 나에게 와서 무언가를 중얼거렸다
나는 그 말이 무엇이며 당신은 누구인지
당신이 왜 그러는지 알고 싶지도 않았다

그러던 어느 날 당신의 말이 들리기 시작했다

몸짓을 지어 보이는 당신이 보이기 시작했다

당신이 내게 와서 살며시 건네는 말들은

내 가슴에 들어와 잔잔한 파도가 되었다

그동안 나와 당신 사이를 가로막고 있었던

무관심의 세월을 이제는 잊으며 살고 싶다

사람이 하는 말을 제대로 알아듣기만 해도

세상은 이렇게도 쉽고도 평안한 것인데

사람들은 그 많은 세월 동안 귀를 틀어막고

자기 말만 하다가 하루를 서둘러 마쳤다

그대가 하는 말이 이제야 들리기 시작했다

나는 걸어가 당신과 한 점이 되고 싶다

숨 쉬는 날 동안 당신과 동행이 되고 싶다

– 「당신의 말이 들리기 시작했다」 전문

　우리는 이 시를 '불통과 단절(1~3행) - 소통과 깨달음(4~13행) - 현재의 소망(14~16행)'의 구조로 분석하여 읽어볼 수 있다. 1~3행에서 시적 화자는 타자에 대한 극도의 무관심적 태도를 보여준다. "당신"이 와서 "늘" 무언가를 "말"하지만, 화자는 그 말의 주체와 내용, 그 말의 이유나 목적 등 어느 것 하나에도 관심이 없다. 그러니 당신이 와서 하는 말은 단지 "중얼거림"(1행)이 되고 만다. 극단적 "무관심"(9행)으로 인한 관계의 단절("나와 당신 사이를 가로막고 있"는)상황을 화자는 살아왔던 것이다. 이 지점에서 우리는 그 이유나 상황을 밝히는 것이 이 시집을 읽는 일단의 과정이 될 것이라는 예감을 갖게 된다.

4~13행에서는 (세상에) 무관심하던 화자가 '당신'의 말을 듣기 시작하고 '당신'을 보게 되면서 변화와 깨달음을 얻는 것을 보여준다. 이때의 '당신'은 1~3행의 내용으로 미루어 보아 세상의 타자, 혹은 타자와의 관계를 말하는 것일 수도 있을 것인 바, 분명 화자는 세상과 소통하게 되었음을 알 수 있다. 화자의 태도가 변화하는 계기가 구체화되어 있지 않거나 그 깨달음이 추상화되어 있으니, 이를 밝혀 읽는 것은 이 시집을 읽는 두 번째 코드가 될 것이다.

화자는 마지막 14~16행에서 당신과의 동행을 소망하고 있다. 당신을 바꿔 '세상'으로 읽으면 시의 화자는 세상과의 합일을 소망하는 것인 셈이다. 이때 화자의 소망이 저 「序文」의 "잠언"의 말투에 얹힐 때 이 시는 세상에 주는 교훈이 될 수 있다. 부정적 의미와 긍정적 의미를 동시에 거느리는 '막장幕場'(「막장幕場을 위하여」)의 역설 속에 스민 깨달음을 읽어내는 것도 이 시집을 읽는 한 길에 있다.

2. 실감과 상처

이 시집 속의 화자는 "꿈을 잃고 돌아와/ 병자처럼 쓰러져 우는 날이 많았다"(「남자에게는 여자가 필요하다」)고 고백한다. 그의 꿈은 "식구들과 방에서 밥을 먹"고 하나님의 섭리에 대해 거침없이 "자유롭"게(「경계」) 이야기하는 수준일 것이다. 이는 가족과 함께 누리는 기본적인 의식주 생활과 종교적인 자유로 대유된 기본권 내지 기본적 자유의 경계를 넘어서지 않는 것이다. 그러나 "술수와 음모가 병법인 무서운 곳"(「너 어디 있느냐」)인 세상에서 나이 오십 들어서까지 화자는 "사투"(「윤달」)를 벌이지만 그 소박한 꿈 앞에서 "돈이 실탄이라는 말을 실감"(「윤달」)한다. "자신의 한계"(「우리는」)와 함께 절망하는 화자는 어쩔 수 없이 자신을 "약한 것들"(「우리는」) 속에 스스로를 포함시키고 만다. 이 시집 속의 화자가 주류의 경계 밖으로 밀려난 까닭은 경제적 가난과 부조리한 세상에 있거니와 그의 가난은 연원이 깊다.

아버지의 먼지 쌓인 유품들을 뒤적인다
빚쟁이들의 법원 소장과 빛바랜 청구서들
다락방 삼십 촉 희미한 전등 아래서
살기 위해 안간힘을 쓰던 흔적들을 본다
당신의 삶은 늘 청구서에 갇히어서
  – 「고향집 다락에서 나는 울었다」 부분

남편이 실직하자
연탄 지게를 짊어지고
산동네를 다니셨던 어머니
(중략)
빚쟁이를 피해 다니던 골목길과

쌀을 빌리러 간 새벽에 대하여

어머니에게는 변호가 필요하다

– 「당신은 예수」 부분

   인용한 두 편의 시에서 우리는 화자의 아버지가 실직에 이어 일찍 타계했다는 사실과 그 어머니가 아버지 대신 힘든 노동을 했다는 사실을 확인할 수 있다. "연탄 지게를 짊어지고 / 산동네를 다니셨"으나 "빚쟁이를 피해"야 하고 새벽에는 "쌀을 빌리러" 다녀야 하는 현실은 상상만 해도 고통스러운 극빈한 상황이다. 이와 같은 상황은 "무능한 남편과 자식을 위하여 / 자신을 까맣게 지우면서 / 그렇게 세월을 넘어 온"(「당신은 예수」) 완료상의 것으로 보이기도 하지만, 다락방 삼십 촉 희미한 전등 아래서 아버지의 먼지 쌓인 유품들을 뒤적이다 본 빚쟁이들의 법원 소장과 빛바랜 청구서들, 살기 위해 안간힘을 쓰던 흔적처럼 오늘날에도 남아있는 것이어서, 아직 "할 말이 너무 많"(「아버지」)은 것을 보면 화자의 상황은 아마도 크게 개선되지 못한 것임에 틀림없다. 화자의 상처는 누대의 가난에서 비롯되었다.

「형용사를 싫어하는 남자」라는 작품은 겨울이 끝날 무렵 화자가 강가에 와서 떠올리는 '그 사람'에 대한 시이다. 사람들의 말에는 아무런 관심이 없던, 말에 희망도 아쉬움도 섞여있지 않던, 말없이 얼굴만 붉히던 그 사람이 형용사를 사용하지 않는 까닭을 화자는 "속고만 살고 밟히고만 살아서 그런"가 하고 추리해본다. 그리고 화자가 그 사람을 떠올리며 "얼마나 많은 말들이 희망처럼 날아왔다가 / 떠나가며 그 사람의 가슴을 미어지게 했을까"라고 추리하는 내용을 보면 이들이 화자 자신의 경험과 상관있는 것임을 우리는 어렵지 않게 유추해낼 수 있다. "말많은 자신을 미워하면서"처럼 자신에 대한 미움이 차 있는 상황에서 화자가 그 사람을 떠올린다는 점에서 '형용사를 싫어하는 남자'는 곧 화자에 다름 아니다. 이 작품의 "사람들의 말에는 아무런 관심이 없었"던 '그'는 앞에서 언급했던 「당신의 말이 들리기 시작했다」의 화자와 놀랍도록 닮아있다.

3. 견자見者

  우리는 다음에서 넘치는 절망이 이 시집의 화자에게는 희망의 충분한 자양분이 되었음을 확인하게 되는데, 그 과정에 부단한 성찰과 실천이 있었음을 간과할 수 없다. 시집의 화자가 보여주는 반성의 태도는 「말에 관한 성찰」, 「반성」과 같이 아예 제목에 드러나는 경우와 「고향집 다락에서 나는 울었다」, 「서울서 세 시간」처럼 '반성'이라는 말이 시어로 쓰인 경우 외에도 숱하게 많다.

  내가 미워서 싫어했던 사람들이
  눈 속을 뚫고 와 손 내밀어 위로해 줄 때
  잘난 내 가슴을 치며 부끄러워하네
   – 「문상(問喪)」 부분

  화자가 살아온 우주는, 그가 떠돌며 살아온 공간은 물론 과거에서 현재로 이어온 시간은 눈물겹고 가혹한 것이었지만, 세월은 또 흘러 화자로 하여금 세상

속에서 지지며 볶으며 지내온 아수라의 세월을 부끄럽게 느끼게 하는 때가 오기도 했다. 화자는 어머니의 타계를 계기로 세상에 대한 미움을 뉘우치게 된다. 그 뉘우침은 인용시의 다른 부분에 보이는 "설원"의 백색을 바탕으로 하는 '부끄러움'으로 그 반성의 마음이 적나라하다. 설원에 대한 묘사 "눈이 부신"은 상투적인 것이로되, 그것이 "눈물 겨운"과 만남으로써 화자의 정서 '부끄러움'이 한층 돋보이는 점은 나름대로 표현의 묘미를 느끼게 한다고 하겠다.

화자의 반복되는 반성과 성찰에도 불구하고 가혹한 현실은 화자를 끊임없이 분열하게 하여 화자의 깨달음은, 깨달음의 당위성은 오랫동안 "오직 희망일 뿐"(「살아 있는 것은 하나가 아니다」)이기도 했지만, 화자는 끝내 자신의 성찰과 반성을 깨달음의 길로 연결 짓고 만다. "어제는 참 무서웠다"는 성찰과 "오늘은 정말 감사하다"(「산다는 것」)는 깨달음을 나란하게 이어놓는 경지에 화자는 와 있다. 이 시집 속에서 그런 예 역시 숱하게 많다. 이쯤에 이르면 이 시집 속 화자의 일상은 성찰하는 일이고 깨달음이라는 열매를 수확하는 일이 된다.

이유 없이 당하는 것도 아닌데
자존심까지 다 찾아 먹을 수야 있나
남을 탓할 것이 하나도 없어
생각할수록 내 허물만 자꾸 커 보인다
묘하고도 감사해야 할 일이다

— 「부부싸움」 부분

어머니가 안겨주신 멸치젓을 손에 들고
어둠이 쌓인 서울역 지하도를 건넌다
밤길을 더듬거리며 걸을 때 눈물이 난다
멸치도 사람을 위하여 가는 이 길에
누구를 위해 썩어 본 적이 없는 내가 간다
멸치는 나를 보고 썩으라고 한다
시시한 꿈 다 버리면서 살라고 한다
가슴 깊이 빗장을 지른 사람들 속에서
풀 한포기 심으며 모두 내려놓으라 한다

— 「귀경」 부분

부부싸움이라는, 어쩌면 삶의 괴로운 일상에서도
화자는 그 반성의 자세를 놓지 않는다. "그 사람이

나에게 못되게 구는 것"에서 비롯되었을지도 모를 부부싸움에서도 화자는 자신의 잘못을 내세우며 "이유 없이 당하는 것도 아닌데", "생각할수록 내 허물만 커 보인다"라고 반성한다. 나아가 화자는 "묘하고도 감사해야 할 일이다" 고백하는데 이 지점에 이르면 생활인의 반성을 넘어 한 경지를 이룬 도인의 풍모를 느끼게까지 한다. 성찰의 생활인이라 할 화자가 명절을 맞아 고향에 다녀오는 특별한 경험에서야 어찌 반성과 깨달음이 없겠는가? 「귀경」의 화자는 어머니가 안겨주신 멸치젓을 손에 들고 서울역 지하도를 건너다 "시시한 꿈 다 버리면서 살라"는 멸치젓의 말을 듣는다. 누구를 위해 썩어 본 적 없어 부끄럽다는 반성이 뒤에 따르는 것만 다를 뿐, 이 시집의 화자는 살아있는 존재뿐 아니라 죽은 존재로부터도 자신을 성찰하고 다듬을 기회를 놓치지 않는다.

특히, 「귀경」에서는 화자의 깨달음이 세상과 어떻게 연결되는지를 보여준다. 멸치, 그것도 죽어 삭아가는 멸치젓이 화자에게 어떤 말을 건넸을 리 만무하다는 점에서 이 작품에서 화자가 듣는 말들은 화자의 내면에서 오는 말들이다. 고스란히 화자의 의지가 담긴 말인 셈인데, 화자는 역경을 지나온 자신이 얻은 깨달음을 "가슴 깊이 빗장을 지른 사람들"로 상징된 세상과 단절되고 소외된 사람들에게 소용되게 하고자 한다. "풀 한 포기"가 그들의 속에 불어넣고자 하는 '생명력'을 상징한다고 말하는 것은 새삼스러운 일이다. 이와 비슷한 화자의 태도가 「원하면 그렇게 하라」에서 "한없이 서러워지고 낮아져서" "당하고만 있"는 것이 "당하는 자들을 헤아리기 위함이다"고 말하는 데에서는 보다 적극적인 몸짓으로 형상화되고 있다. 화자의 이 태도는 저 「序文」의 "세상의 모든 상처받은 사람들에게 띄.워. 보낸다"와 통하고 있어 시인의 삶과 시작의 태도 앞에 숙연해지게 한다.

4. 잠언

우리는 이 시집의 화자가 성찰을 통해 얻은 깨달음을 자신의 과거(어쩌면 외형적으로는 현재까지 이어지고 있을지도 모르는)처럼 단절의 벽 속에 갇힌 사람들을 위해 쓰려고 한다는 것을 확인한 바 있다. 화자의 이와 같은 태도는 이 시대의 고통 받고 소외당한 자들에 대한 애정과 "세상에서 손가락질 받으며 살더라도/꽃으로 피어나는 내일이 있음"(「고맙고 또 고맙다」)에 대한 믿음을 바탕으로 한 것인데, 「사람은 꽃보다 아름답다」의 제목처럼 사람에 대한 믿음으로 발전되기도 한다. 세상에 대한, 특히 약자에 대한 애정을 회복한 화자는 "입을 열면 잠언이 쏟아져나"오는(「경비원 박노인」) 세상의 고수들을 만나 "나이는 아무렇게나 먹어서는 안 된다는 것을 / 뼈저리게" 인식하여 자신의 깨달음을 새로운 깨달음으로 벼려내기도 한다.

그 눈부신 깨달음으로 이 시집의 화자는 "밤새워 사람들에게 편지를 쓰고 / 세상을 향해 희망을 노래하고 싶"(「몰운대沒雲臺」)어한다. 그리하여 화자가 이 시집을 통해 전하고자 하는 바의 핵심은 세상에 대한 희망을 노래하는 것, 그를 위해 편지에 교훈을 담아내는 것일 수밖에 없다. 「격전지에서 쓰는 편지」속에 화자가 담아내는 빛나는 잠언은 "신은 자신의 사랑을 전할 길 없어 / 이 땅에 그 사람을 대신 보내

주셨다"(「고향에는 성자가 산다」)처럼 숭고한 얼굴로 찾아오기도 하고, "파장의 끝 어디선가 / 소망하는 것들이 / 간당거리며 찾아온다"(「소중한 것들에 대하여」)처럼 은근한 목소리로 오기도 한다. "물은 건너보고 사람은 겪어 보아야 했던가"(「나는 몰랐다」)처럼 속담이 화자의 경험을 통과한 형식으로 표현된 경우도 있다. 또한 "세월이 쌓아 올린 단단한 지층처럼 / 한 날의 즐거움과 또 다른 날의 아픔이 / 부둥켜안고 서로 부루스를 추어대며 / 사람들의 얼굴을 조각했으리라"(「사람의 표정」)처럼 대상에 대한 예리한 관찰의 결과만으로도 독자들의 마음에 그 전하고자 하는 가르침의 말을 새겨주는 경우도 있다.

상처받은 사람들을 향한 화자의 마음이 급해지거나 의욕이 넘칠 때, 그 전언의 형식은 단정적 어조로 나타나는 경우가 많다. "해서는 안 되는 말이 있다", "하지 말아야하는 행동이 있다"(「그대 침묵하라」)는 단정은 웬만한 경험이나 깨달음을 갖지 않은 사람이 갖기 어려운 말투이다. 「그대 침묵하라」의 화자는 12행부터는 명령형의 말투에 얹어 침묵하라는 말을 반복하고 강조한다. 교훈 투성이이지만 「말에 관한

성찰」이란 작품에서 보듯, 말에 관한 성찰을 끝낸 화
자에게 침묵이란 경험에서 우러난 절대적 결과이자
결론일 수밖에 없을 것이어서 더욱 미덥다.

그 사람과 싸우고 돌아오던 날

분하고 시린 가슴을 억누르고

잠을 자며 그를 지운 일은 잘한 일이다

눈을 뜨면 세상은 늘 새로운 풍경

어제와는 사뭇 또 다른 바람이 불어와

어제 나의 고민은 헛것이었고

쓸모없을 집착이었음을 알게 한다

살수록 사는 일은 늘 경이롭고

감사해야 할 일뿐이다

눈을 떠서 새롭게 맞는 아침만큼이나

우리들의 과오는 또다시 용납된다

오늘이 힘들어 상심할지라도

나를 깨울 아침을 고대하자

기다리는 것도 승리의 하나인 것을

그대, 오늘이 힘들면 오늘만 지우라

이 시는 이 시집의 화자가 들려주었던 태도를 한 자리에서 보여주는 작품이다. 여기에는 이 시집에서 보여준 화자의 과거, 현재, 미래가 다 들어 있어 그가 걸어온 삶뿐 아니라 그가 살고 싶은 삶의 모습까지를 암시해준다. 타자와의 극단적 관계를 암시하는 '싸움' 끝의 "분하고 시린 가슴"을 억누른 화자는 그 덕택으로 사는 일에 대한 깨달음을 수확하고 있다. 그것은 "어제 나의 고민은 헛것이었고 / 쓸모없는 집착이었음"이라는 깨달음으로 "살수록 사는 일은 늘 경이롭고 / 감사해야 할 일뿐이다"는 또 다른 깨달음으로 이어진다. 화자는 이 귀중한 깨달음을 "아침"이라는 상징으로 빚어 독자들에게 권하고 있다. 이 대목에서 또 하나의 깨달음이 빛나고 있으니, "기다리는 것도 승리의 하나"라는 잠언이 그것이다.

삶을 통해 아프게 체험하고, 거기서 얻은 깨달음을 독자에게 권하는 화자의 말투가 '-하자'라는 권유의 모습을 띠거나 "~ 지우라"는 명령형의 몸짓을 하는 것은 어쩌면 당연하다. 화자의 소망이 그만큼 간절하기 때문이다. 이 같은 명령과 권유의 말투는 이 시집의 화자가 견자見者라는 점에서, 이 시집의 저자가 50이 넘은 나이의 삶을 살아온 사람이라는 점에서 응당하고도 자연스럽다 하겠다. 타자들에 대한 화자의 애정 넘치는 권유와 명령의 말투는 다음의 시처럼 '경고'라는 제목으로 나타나기도 한다. 화자의 기대와 소망이 이루어지지 않는 상황에서 비롯된 안타까움과 대상에 대한 어쩔 수 없이 깊은 애정의 소이이다.

그대 멋대로 행하지 말라

거리의 신호를 어기지 말며

달리는 차에서 쓰레기를 버리지 말고

전철에서 가랑이를 벌리고 앉지 말라

이 모든 것이 쉽게 길을 내어

종국에는 그대를 삼킬까 두렵다

바람이 불면 부는 대로 흔들리며

눈이 오면 눈길을 위태롭게 걸어가라

순전한 아이의 마음을 품을 것이며

썼던 어떤 가면도 벗어 던지라

길이 아닌 곳은 들어서지도 말며

비가 오면 온몸으로 비를 맞으라

-「경고」전문

'경고'라는 제목을 단 시의 화자가 명령형의 말투로 말하는 것은 당연하다. 중요한 것은 화자가 경고하는 내용들이다. 이 시의 화자는 사회의 질서를 유지하기 위해 경고하는 것도 아니고, 자신의 이익을 위해 협박성의 경고를 하는 것도 아니다. 화자는 2~4행에서 사람들이 일상에서 범하는 사소하고도 일상적인 잘못들을 열거하고는 "멋대로 행하지 말라"고 경고한다. 얼핏 세상 사람들의 행태를 꼬장꼬장 따라가며 간섭하고 훈계하는 고지식을 연상할 수도 있는 화자의 진면은 대상에 대한 진실하고도 따뜻한 애정의 소유자이다.

화자는 '멋대로' 하는 행동이 사람들의 본성을 잃어버릴 것에 대에 대해 염려하며 "아이의 마음"을 간직하길 바라는 것이다. '아이의 마음'이란 저 맹자가 "孟子曰 大人者 不失基赤子之心者也"(편집자 주-

대인은 어린 시절의 마음을 잊지 않는 사람)에서 말한 '대인'이고, 이 대인은 공자의 군자와 통하는 것이기도 하다. 그리고 화자는 대인이나 군자가 되는 방법으로서 "길이 아닌 곳은 들어서지도 말며"를 제시한다. 이 역시 공자의 말씀 "子曰 非禮勿視하며 非禮勿聽하며 非禮勿言하며 非禮勿動"(편집자 주—예가 아니면 보지 말고 듣지 말고 말하지 말고 행동하지 말라.)을 떠올리게 하는 바, 얼마나 오랫동안 우리의 사람됨을 가르쳐오던 말인가? 이 또한 얼마나 오랫동안 우리의 귀가 거부해온 말인가?

김용원 시인의 새 시집 『당신의 말이 들리기 시작했다』는 무산자에게는 지옥과 다름없는 자본주의 세계와 그 속에서 필연적으로 소외되고 망각될 수밖에 없었던 인간성의 말살 시대를 고통스럽게 살아온 상처의 기록이다. 그리고 그 상처를 시를 통해 이겨온 자의 처절한 반성과 깨달음에 눈뜨는 정신의 복사본이다. 나아가 이 정신의 열매를 독자들과 공유하고 싶은 소망의 노래이다. 『당신의 말이 들리기 시작했다』는 시집의 모습으로 우리 앞에 나타난, 이 시대를

몸과 마음으로 헤쳐 온 자의 눈물겹고도 빛나는 발
자국이다. 시집 속의 상처와 반성과 깨달음이 아직도
계속되고 있다는 점에서 눈부시다기보다 귀한 발자
국이다.

당신의 말이 들리기 시작했다

초판 1쇄 인쇄 | 2013. 12. 12
초판 1쇄 발행 | 2013. 12. 20

지은이　 | 김용원

펴낸이　 | 백도연
펴낸곳　 | 도서출판 세움과비움
신고번호 | 제 2012-000230호
주소　　 | 서울 마포구 양화로16길 18(서교동)
　　　　　 Tel. 02-704-0494 Fax. 02-6442-0423
seumbium@naver.com

디자인　 | 명상완

ISBN 978-89-98090-08-1 03810

값 9,000원